Die Maus

Das ist eine Maus.
Eine Hausmaus.
Hier sieht sie riesengroß aus.
In Wirklichkeit ist sie aber winzig klein.
Sie könnte auf deiner Hand sitzen.
Mäuse sind sehr scheu.
Wenn sie etwas hören,
das ihnen nicht geheuer ist,
laufen sie schnell weg.

Guck mal, die Maus will auf den Schrank.
An einer Lampenschnur klettert sie hoch.
Sie hält sich mit ihren Krallen fest.
Und mit ihrem Schwanz.
Schon sitzt sie auf dem Schrank.
Da ist ein schmaler Spalt.
Die Maus kriecht hindurch.
Und ist im Schrank verschwunden!

Eine Maus frißt fast alles,
was sie finden kann.
Ihre Zähnchen sind spitz und scharf.
Sie nagt und nagt.
Am Käse nagt sie und am Brot.
Sogar Tüten und Schachteln zernagt sie
und frißt, was darin ist.

Eine Maus sitzt in der Speisekammer?
Das geht aber nicht.
Da liegen Mäuseкötel,
und es stinkt ganz fürchterlich.
Außerdem nagt sie an allem herum.
Die Maus muß raus aus der Speisekammer.
Du stellst eine Falle auf.
In die Falle legst du ein Stück Käse.
Die Maus riecht den Käse
und läuft in die Falle.
Klapp, die Maus ist gefangen.
Laß sie im Garten laufen.

AIZENA
500
Adviezen voor de oven
(met thermostaat)
voor KOEKJES
GASOVEN
ELEKTR. OVEN

Eine Maus kriegt viele Junge.
Viele Male im Jahr.
Die Jungen trinken bei ihrer Mutter.
Nach knapp drei Wochen sind sie groß.
Jetzt sind sie noch nackt und blind.
Sie sind ganz rosa.
Und sooo winzig!

Es gibt viele Arten von Mäusen.
Die Hausmaus, die Feldmaus,
die Waldmaus, die Zwergmaus, die Haselmaus.
Das hier ist eine Spitzmaus.
Siehst du ihre spitze Schnauze?
Sie frißt gerade eine Heuschrecke.
Aber sie mag auch Käfer, Schnecken und Würmer.

Und dieses Tier?
Dieses Tier frißt Mäuse.
Es ist eine Eule.
Eulen jagen nachts.
Sie sind Nachttiere.
Genau wie die Mäuse.
Wer frißt sonst noch Mäuse?
Richtig, die Katzen.
Aber das weißt du ja.

Manche Mäuse sind zahm.
Sie sind Haustiere.
Das hier sind bunte Mäuse.
Sie leben in einem Käfig aus Glas.
So kannst du sie beobachten.
Vergiß nicht, sie gut zu versorgen.

Zum Umgang mit diesem Bilderbuch

An Mäusen scheiden sich die Geister. Die Reaktionen auf diese Tiere reichen von: „Ach, wie süß!" über angeekeltes Zurückweichen bis zu dem entsetzten Aufschrei: „Igittigitt, eine Maus!" Das Bild von der Frau, die sich vor einer winzigen Maus auf den Stuhl flüchtet und um Hilfe schreit, ist ein beliebtes Motiv für Karikaturisten.

Kinder werden dagegen eher entzückt sein, sind Mäuse doch der Inbegriff des Niedlichen, mit ihren runden, weichen Formen, ihren großen Knopfaugen und ihrem feinen, kuscheligen Pelz. Kinder reagieren noch ganz unmittelbar. Sie sehen in der Maus nicht den Schädling, der beim Erwachsenen Abwehr und Ekel auslöst. Für viele Kinder fallen Mäuse in die gleiche Kategorie wie Goldhamster oder Meerschweinchen: Es sind Tiere, die man zu Hause halten und mit denen man spielen kann.

Der Wunsch nach so einem niedlichen Mäuschen ist daher schnell geweckt. Zwar gelten Mäuse als pflegeleicht, sie verlangen aber trotzdem wie alle „Haustiere" Verantwortungsbewußtsein: regelmäßige Säuberung des Käfigs, Versorgung mit Wasser und Futter. Hinzu kommt das Problem der Vermehrungsfreudigkeit. Zu beachten ist auch, daß Mäuse nachtaktiv sind. Sie sind deshalb bei Tage schlecht zu beobachten und auch nicht besonders aufs Spielen versessen. Wenn ein Kind den Wunsch nach einer Maus äußert, sollte auf all dies nachdrücklich hingewiesen werden, denn eigentlich sind Mäuse als Haustiere für Kinder ungeeignet.

Die Hausmaus ist heute weltweit verbreitet. Und obwohl es sie fast überall gibt, wird wohl kaum ein Kind schon eine echte Maus in Freiheit gesehen haben, höchstens im Fernsehen. So werden den Kindern zum Thema Maus vermutlich erst einmal nur diverse Comic-Mäuse einfallen: zum Beispiel Mickymaus, Jerry (von „Tom und Jerry") und die „schnellste Maus von Mexiko" Speedy Gonzales – alle drei für Kinder ausgesprochene Sympathiefiguren.

Nur wer tatsächlich eine Maus im Haus hat, hat eine reelle Chance, diese heimlichen Tiere zu Gesicht zu bekommen. Und gerade dieser Zustand ist alles andere als wünschenswert. Die sogenannten Echtmäuse, zu denen auch die Ratten zählen, sind nämlich Nagetiere, die dort, wo sie in Massen auftreten, ganze Ernten vernichten können. Hierzulande richten sie vor allem dadurch Schaden an, daß sie Lebensmittel verschmutzen und Krankheitskeime übertragen.

In der freien Natur hat die Maus ihren berechtigten Platz, und solange die Natur im Gleichgewicht ist, wird sie weder zur Plage, noch stirbt sie aus. Im Haus dagegen hat sie nichts zu suchen. Das den Kindern zu vermitteln dürfte nicht schwer sein. Die zugehörigen Bilder sprechen eine deutliche Sprache. Was kann man schon noch mit einer Scheibe Brot anfangen, an der eine Maus geknabbert hat? Nur noch wegwerfen!

Deshalb dürfte auch jedem Kind einleuchten, warum in der Speisekammer eine Falle aufgestellt wird. Da es sich bei der im Bild gezeigten Falle um eine Kastenfalle handelt, geschieht der Maus nichts Böses. Schließlich wird sie im Garten wieder freigelassen, wo sie ohnehin viel besser aufgehoben ist als im Haus.

Wenn beim Betrachten der Bilder allerdings die Sprache auf Schlagfallen kommen sollte, in denen die Maus von einem mit einer Feder gespannten Bügel erschlagen wird, ist sehr viel Einfühlungsvermögen gefordert. Es ist für die meisten Kinder kaum einsichtig, warum die „arme" Maus getötet wird.

Hier könnte man direkt fragen, warum Mäuse nicht im Haus leben dürfen. Sinnvoll ist auch der Hinweis, daß eine Maus, die sich einmal im Haus eingenistet und dort eine gute Futterquelle gefunden hat, alles tun wird, um wieder hineinzugelangen. In dem Fall nützt das Aussetzen im Garten so gut wie gar nichts. Und der Schaden, den eine solche Maus anrichtet, ist einfach zu groß. Es geht ja nicht darum, daß sie uns eine Kleinigkeit wegfrißt, auf die wir gut verzichten könnten. Es geht darum, daß sie Lebensmittel verschmutzt und wir davon krank werden können.

Vielleicht stellen die Kinder von sich aus die Frage, ob es keine andere Möglichkeit gibt, eine Maus loszuwerden. Wenn nicht, bietet es sich an, gemeinsam mit den Kindern über dieses Problem nachzudenken und nach Lösungen zu suchen.

Wichtig zu wissen ist auch: Eine Maus kommt selten allein. Ein Mäuseweibchen wirft drei- bis viermal pro Jahr Junge, und zwar jedesmal vier bis zehn Stück. Sie werden nackt und blind geboren, brauchen aber nur knapp drei Wochen, um groß zu werden, und können bald darauf selbst schon wieder Junge bekommen.

Tiere, die sich so rasant vermehren und so relativ wehrlos sind, haben zahllose natürliche Feinde. Dazu gehören bei den Mäusen nicht nur Eulen und Hauskatzen, sondern sämtliche Greifvögel, Rabenvögel (Elstern, Krähen, Eichelhäher), Hunde, Füchse, Dachse, Schlangen, Marder, Wiesel, Iltisse. Sogar Igel und Maulwürfe graben Mäusenester aus und fressen die Jungen.

Die Eule mit der toten Maus im Schnabel kann schockieren. Deshalb sollte dieses Bild besonders behutsam angegangen werden. Hilfreich ist hier der Hinweis, daß die Mäuse überhandnehmen würden, wenn ihnen nicht so viele Tiere nachstellten. Dann müßten wir selbst eingreifen, um die kleinen Nager zu beseitigen. Ein solches sinnloses Töten aber wäre viel schlimmer, als wenn eine Eule Mäuse fängt, um damit ihre Jungen großzuziehen.

Das Prinzip „Fressen und Gefressenwerden" wirkt zunächst grausam. Aber es ist ein wichtiges Prinzip, das einerseits die Natur im ökologischen Gleichgewicht hält, andererseits aber auch nur richtig funktioniert, solange dieses Gleichgewicht nicht gestört wird. Mäuseplagen zum Beispiel treten in der Regel nur dann auf, wenn der Mensch die natürlichen Feinde der Mäuse vernichtet oder vertrieben hat.

Die Eule, die die Maus fängt und frißt, ist deshalb nicht „böse". Sie hat keine andere Wahl, denn sie braucht die Maus, um selbst überleben zu können. Sie und ihre Jungen müßten ohne Mäuse verhungern, denn sie können nun einmal nicht von Gras leben. Beim Menschen dagegen, der den „Schädling" Maus vernichtet, ohne ihn zu „verwerten", sieht die Sache ein wenig anders aus. In diesem Zusammenhang drängt sich die Frage auf: „Ist es böse, ein Tier zu töten?" bzw. „Wann ist es böse, ein Tier zu töten?" Macht es zum Beispiel einen Unterschied, ob wir eine Fliege totschlagen, weil sie uns stört, oder ob wir ein Huhn schlachten, um es zu essen?

Das Bild von der Spitzmaus zeigt, daß auch Mäuse keine „unschuldigen" Tierchen sind. Auch sie sind darauf angewiesen, andere Tiere zu fangen und zu verspeisen. Die Spitzmaus ist im Gegensatz zur Hausmaus allerdings kein Nagetier, sondern ein Insektenfresser. Sie gilt daher auch nicht als Schädling, sondern als willkommener Helfer. Wo Spitzmäuse „für Ordnung sorgen", brauchen keine Insektenvertilgungsmittel eingesetzt zu werden.

Saatkorn-Verlag GmbH, Grindelberg 13–17,
D-2000 Hamburg 13
Verlagsarchiv-Nr. 831 1289-7

Druck: Grindeldruck GmbH, D-2000 Hamburg 13
Printed in Germany
ISBN 3-8150-0677-5

Übersetzung und erläuternde Hinweise:
Anita Sprungk

DER GUCKKASTEN – MEHR ALS EIN BUCHPROGRAMM

„Die Maus" ist ein Band aus der neuen Bilderbuchserie, die der Saatkorn-Verlag unter dem Reihentitel „Der Guckkasten" herausgebracht hat.

Dieser Titel steht als Motto über einer Serie, die durch sorgfältig aufeinander abgestimmte Text- und Bildsequenzen erste Einblicke in ein bestimmtes Thema gewähren möchte. Seite für Seite erschließt sich das Kind Gegenstände und Sachverhalte, die seiner Erfahrungswelt entsprechen.

Die Konzeption dieser Serie geht auf zahlreiche Untersuchungen in Grundschulen und Kindergärten zurück. Aufgrund der Ergebnisse wird jeder einzelne Band nach folgenden Kriterien zusammengestellt:

- Orientierung der Themenauswahl an der kindlichen Erfahrungswelt
- Sorgfältig reproduzierte Fotografien
- Aufnahme der Fotos aus einem Blickwinkel, der dem des Kindes entspricht
- Sehr einfache und kurze Texte
- Optimale Abstimmung von Text und Bild
- Logischer Aufbau der einzelnen Bild- und Textsequenzen, der es dem Kind ermöglicht, das Buch auch allein zu betrachten
- Solider Einband und handliches Format

In vielen europäischen Ländern hat sich dieses Konzept bereits sehr gut durchgesetzt.

So gehört der Guckkasten beispielsweise in den ersten Klassenstufen (Kindergarten-, Vorschul- und Einschulalter) der meisten holländischen Schulen zum offiziellen Lehrmittelprogramm. Dies ist sicherlich auch auf die ergänzenden „Mach mit!"-Bogen zurückzuführen, die von einem Pädagogenteam erstellt wurden.

Hinweise zum Umgang mit dem Bilderbuch runden jeden einzelnen Band ab. Hier finden sich Anregungen, wie das jeweilige Thema in einen größeren Zusammenhang gestellt und über die „Mach mit!"-Bogen hinaus vertieft werden kann. Im Vordergrund stehen dabei immer das Interesse und die „Lese"-Freude des Kindes.

Die Serie soll zwar sachlich richtige Informationen weitergeben, aber keinesfalls zu einer Ansammlung von Lehrbüchern werden. Sie versteht sich als Anstoß und Anregung zum Hineingucken ins Leben, eben als Guckkasten.

MEINE ERSTE BIBLIOTHEK

Selbständig leben und lesen lernen – mit dem Guckkasten ein Kinderspiel! Buch für Buch entsteht eine umfassende Bibliothek aus Themen, die so vielfältig sind wie das Leben selbst.

Eine Auswahl aus den bereits erschienenen und möglichen weiteren Titeln zeigt die nächste Seite.